patricia peterle

perdi o peão, mas aceito jogar

Para Paola

□

depois de tudo te revejo
nos limites da moldura
nos limites dessa cor
nos limites dos meus limites
no infinito azul desse borrão
ali onde
um ser ensaia sua própria dança
e existe

□

O interior de qualquer bolsa
é um quarto escuro
urra silêncio

Esta jogada na prateleira do armário
possui uma pequena abertura
cor marrom-esverdeada
tecido puído do batente

Um vento passa pela porta
abafado balança a cortina de voal
folhas secas na varanda invadem o quarto
sopro oscilante
sonora dança do vazio
redemoinho vegetal

O interior é um vão
                    sem fundo

□

O que é um fundo corroído? Um fundo-vão? Talvez uma passagem. Este corpo procura formas perde formas precisa de formas e não as encontra mais. Os post-its colados na parede carioca fazem um mosaico de cores compromissos horários confundidos e perdidos. Recados deixados para si mesma, trilhas de desconexões.

□

Mão com mão,
um aperto de mão
de mãos dadas.

Seguro mais forte
sinto algo, sei que está ali
não como antes
quando a trança dos dedos
fazia e se desfazia gingando
pelas cidades
diferentes latitudes.

Agora outro tempo
pólen estéril
tempo de anestesias
outros desequilíbrios
e a mão ainda ali
(me pergunto até quando)

Cartografia redesenhada

você operária arquiteta cozinheira
penso em vinte anos atrás
todo o pó do cimento e da farinha
seu suflê de espinafre
seu copo de martini no final da tarde.

Foi um golpe dado em você mesma,
quantas facas não empurrou para dentro
lá, bem no fundo, tentando apagar o que
não é apagável?

Ora, larvas e cupins nos tijolos acumulados
não importa se rachados ou inteiros
escavam cunículos traçando outra
cartografia sobre a nossa história.

□

Na sua irrealidade cotidiana
a cada instante um mundo
é desterrado remontado
desfeito de ponta-cabeça.

O silêncio das paredes é furioso
elas te observam
escutam
acompanham suas sapatilhas.

Na sua realidade uma língua
irreal mostra a sua erupção
palavra esboço de outra palavra
esta é a tua língua pedestre de asas.

□

A língua pedestre cede lugar às línguas de asas, com palavras deslocadas. Significado e significante desconectados. À medida que a memória esmorece, novos significados surgem. É preciso se desfazer da lógica, entrar no esgarçamento das conexões habituais. Cada conversa é um jogo, os peões mudam de casa no tabuleiro. Eu aceito jogar, e ficamos juntas.

□

Aos poucos outro idioleto se instaura
na comunicação balbuciante
penetração do inglês no português
busca por sons reconhecíveis
exclusão do inglês até
a corrosão do português
as palavras de antes não te escutam mais
e tua escuta vai indo   fantasmagorias

...sutiã ...sapatos ...sapatos ...sutiã
...sapatos onde escondeu?.... e meus sutiãs, cadê?...

Na minha visão talvez demasiada esquemática
essas palavras quando saíam da tua boca ali
ficavam me fitando surdas enquanto
teu vórtice em ebulição as devorava

Sutiã, peça íntima do guarda-roupa feminino,
pouco apreciada por seus pequeninos seios
– urgiam por liberdade
não queriam ser como passarinhos engaiolados –,
para uns peça diária
saltuária para você.

Foi exatamente a combinação dessas letras
esse som desprezado e guardado no fundo da gaveta
(o com enchimento poderia até servir em algumas ocasiões)
aquele salvo na tua língua
grito cravado na ecolalia balbuciante

Obsessão que foi se transferindo para nós
essa voz concreta vinha de longe
nos rasgava
eu e minha irmã escavávamos na nossa familiar
fala, aquela nossa, só nossa
ora devorada no fluxo anemônico que
também
nos diluía e expulsava

Ah, os sapatos sempre existiram
objeto-palavra do desejo
sapatos sapatos sapatos
delírios de uma paixão
sutiã e sapato começam pela letra s
não saberia dizer se seria uma predileção sibilante

Ecos de palavras esquecidas, fantasmas
num limbo
dia após dia nos reviravam do avesso
arrombavam as portas do apenas familiar

À escuta

às vezes mais graves
essas vozes
mais baixas mais altas se sobrepõem
se confundem
brigam e riem entre si
adensam o ar desta sala
vazia

seu punhado de corpo
as paredes carregadas de som
nenhum delito

□

Os filtros caem. A memória se esvai. Chegam outras vozes com tons e ritmos diversos. M. caminhando e gesticulando representa pessoas de sua vida, que ela lembra e recria ao mesmo tempo. Sem se dar conta de que algumas estão ali ao seu lado. Basta estender a mão para tocar. Mas a mão não é estendida. Descargas e curtos-circuitos.

Campari em Coyoacán

Degustação do algoz:
a cada dia um tantinho de você se esvai

A inscrição MP nos objetos
na geladeira a blusa amarela
as bolinhas de papel higiênico
nuvens no chão-céu do banheiro
produtos vencidos multiplicando
os sapatos diminuíram
os de salto lembrança
depósito de pó o bibelô kitsch
esconderijos feitos e desmanchados
as diferentes vozes que hoje te habitam

nada mais surpreende depois do campari em Coyoacán
nunca antes bebido.

□

Memória: enlace do belo e do terrível. O sabor dos alimentos também é camada memorial a ser carcomida. O cupim corrói a madeira: pó no chão. A formiga marcha rumo ao ninho: provisões para o depois. Você não gosta mais de bater pernas: desmoronamentos.

□

"E se nada permanece?"
sob um rosto outro rosto
e outro e mais outro
outros rostos desconhecidos
se acoplam ao de outrora

Paisagem desarticulada
continuava a ser ela mesma
um borrão do agora e do antes

A taça abandonada na mesa desabitada
insosso não é só o paladar
é esta morada-corpo
caixa de ressonância
som agudo
carcaça viva à espreita

Cerdas decompostas

Ela veio de repente
não tinha os teus olhos
Quais olhos? Os de ontem?
Os de agora? Os de hoje
de madrugada, que eu não tenho como saber?

Olhos que um tempo miravam
uma lente fotográfica de cigarro e minissaia.
Olhos que debruçados numa prancheta desenhavam
e lá fora calculavam outros horizontes nus

Olhos amorosos e autoritários
Olhos cimentícios e zelosos
Olhos simplesmente olhos
Olhos agora cravados no asfalto

O choque destroçou a leve massa
eu dormia – tudo acontecia

Vehicle # 1 was traveling in a southwesterly direction on
International Golf Parkway, just southwest of Royal Pines Parkway.
Vehicle # 1 collided with a pedestrian who was in the lane of travel.
Vehicle # 1 left the scene of the crash without stopping/rendering
aid. The pedestrian was pronounced deceased at the scene.
There are no witnesses to the crash.
See Traffic Homicide Report for further details –

No telefone a voz retorna descomposta
um ruído mudo baixa sobre nós e
no banheiro a escova de dente no ganchinho

□

No lago os patinhos do norte
se preparam para o retorno
Do lado de lá outro lago
as copas das árvores que cavam
na fixidez do espelho buracos no céu
e a grande avenida ainda vazia
é muito cedo e os buracos descansam
na espera das tacadas do dia

Os pássaros anunciam os primeiros voos
o silêncio abissal vai se quebrando
e você sorrateiramente sai
a porta entreaberta

Os esquilos ligeiros colocam a cabeça
para fora de seus esconderijos
na borda da relva carregada de orvalho
sondam curiosos a sapatilha
que sozinha atravessou a avenida
o helicóptero faz um último sobrevoo.

□

a vida não deixa de ser
um exercício (do abandono)
uma trilha para a morte
um escavar a terra sob os pés

□

e tudo isso
nos faz estar
nessa distância sideral
juntas

patricia peterle

é ensaísta, tradutora e professora de literatura italiana na UFSC. É autora de *no limite da palavra* (2015), *A palavra esgarçada* (2018) e *À escuta da poesia* (2024). Traduziu a poesia de Enrico Testa, Maria Grazia Calandrone, Andrea Zanzotto, Valerio Magrelli e Antonella Anedda. Seus poemas circulam em revistas brasileiras e italianas. *Perdi o peão, mas aceito jogar* é seu primeiro livro de poemas.

Edição Bruno Zeni
Capa e projeto gráfico Sílvia Nastari
Impressão tipográfica João Darc Morais
Acabamento e costura Silvana Duarte

Dados Internacionais de Catalogação na Publicação (CIP)
(Laura Emilia da Silva Siqueira CRB 8-8127)

Peterle, Patricia.
Perdi o peão, mas aceito jogar / Patricia Peterle.
1ª ed. – São Paulo: Editora Quelônio, 2024.
(Coleção Canto Quebrado, 5).
28 p. ; 13,5 x 20 cm.

ISBN 978-65-87790-72-5

1. Ficção: Literatura brasileira 2. Literatura brasileira: poesia
I. Peterle, Patricia

13-20245 CDD 869.91

Índices para catálogo sistemático:
1. Ficção: Literatura brasileira
2. Literatura brasileira: Poesia 869.91

Editora Quelônio

Rua Venâncio Aires, 1072
Vila Pompeia
05024-030
São Paulo - SP
www.quelonio.com.br

9 786587 790725

coleção canto quebrado

Na literatura contemporânea as obras falam por si mesmas, em formatos breves, estilo experimental, canto afinado ou dissonante. *Canto quebrado*, corte triangular que está na capa dos livros desta coleção, é um termo usado para indicar um acabamento tradicional dos cartões de visita. Esta coleção faz uso deste recurso como um convite à leitura.

Capa impressa em tipografia a partir
da composição manual em tipos móveis e
ornamentos tipográficos. No miolo, a fonte
utilizada é a Utopia e a impressão digital
é da gráfica Pigma. Tiragem: 200 exemplares.
São Paulo, abril de 2024.